퇴사인류 보고서

퇴사인류 보고서

리얼 하드코어 오피스 생존기

김퇴사

사직서
안녕히계
세요

비에이블
B.able

PROLOGUE 프롤로그

인류의 99%가 퇴사한 미래의 지구. 일명 '대퇴사시대'를 거친 이후 세계는 꽤나 많은 것이 바뀌어 있었다. 사람들은 회사 밖에서 각자도생의 길을 걷고 있고, 직원들로 붐비던 회사 사무실들은 방치돼 있거나 레트로 컨셉 카페가 되어 존재 의의를 간신히 유지하고 있었다. 인류학자들은 이러한 시대 변화의 원인을 규명하기 위해 역사 속 '퇴사인류'들을 찾아 연구하기 시작했다. 〈퇴사인류 보고서〉라는 이름으로.

CONTENTS 연구 목록

본 문서는 직장에서의 열람을 엄격히 금하며,
보다가 걸려서 일어나는 어떠한 결과에도
책임을 지지 않습니다.

CONTENTS 연구 목록

최종 확인

타투

동료의 이직

💬 나도 데려가.

변심

어딘가 이상해져버린 선배...

💬 ??? : 탈출? 지금 배반을 말하는 건가?

진짜로 퇴사할 사람

말로만 퇴사하는 사람

블라인드

시그널

저러고 퇴사하자고 한 사람만 계속 다님.

창 밖

광고 아님

전화 예절

태세 전환 1

평소에 야근할 때

성과평가 시즌

반차 사유

퇴사인류

024

응급 구조

최종 합격

출장

부장님과 지방 출장 중...

앗차! 우리 집으로 가고 있었네...!
그냥 여기서 퇴사한다고 말할까?

💬 안심하세요. 이런 일은 일어나지 않습니다.

장기근속

기싸움

이직 면접

더 이상은 못 쫓아오겠지...

연차 쓰고 면접 보러 가는 날,
혹시 모를 감시자를 따돌린다.

💬 갔다 오면 유도신문 시작임.

그렇게 당황할 일이냐구요.

깨달음

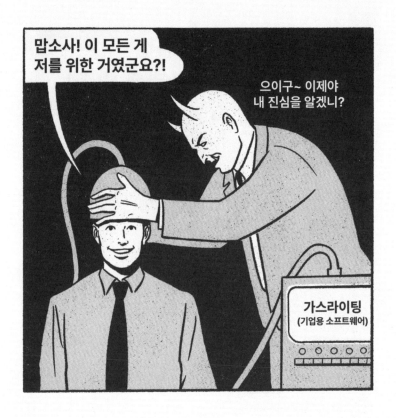

웰컴

만족스럽게 면접을 보고 나오는데
한 직원이 의미심장하게 웃고 있다.

웰컴~!

😐 그거슨 다시 생각할 기회.

프리워커

좋아하는 일을 하라던 프리워커 선배의
실로 압도적인 능력값.

누구나 할 수 있다며...

위기

💬 ??? : 이거 말고 본계정 따로 있는 거 아니야?

금쪽이

미행

김대리가 연차 쓰고 면접 보러 가는지
미행하다 결국 놓친 감시조...

되돌릴 수 없는

자기최면

오후 반차

참고문헌 : 오후 반차와 2030 클라이밍 인구 증가의 상관관계.

저는 다른 층 감.

무두절

뇌를 빼고 다닌다.

당근과 채찍

나무야 미안해

大 슈퍼AI 챗GPT 시대를 사는 현재 나의 컴퓨터 활용능력...

꼭 한 장 버리고 시작.

5년

일단 여기엔 없겠죠.

소개팅

아이데이션 회의

서류 탈락 1

퇴근

사과문

인플루언서

중대 발표

진심 어린 걱정

통과의례

예산 증액

매년 리셋되는 중장기 플랜.

티오

점심시간

맞춤법

경영인 마인드

퇴사 절차

신입 교육

정은 : 대리님, 이거 알려주세요.
김대리 : 그거 뭔데. 어떻게 하는 건데.

WEEKLY KIMTOESA   FRIDAY . SEPTEMBER 21ST 2023   15 CENTS

BREAKING NEWS!
퇴사하는 약, 개발 최종 단계?

입사 후 37년 간 퇴사하는 약 개발해온
김박사. "누군가는 반드시 했어야 할 일"

068

과연?

재난대응

고과만점 듀오 재결합.

끝인사

병가

탈출

2차전

잘 터지네

터질 줄은 알았는데 그게 지금일 줄은 몰랐지.

개운한 아침

역사적으로 흘러가듯 가아!

포상

채용형 인턴십

💬 희망고문형 인턴십.

나와 마음이 같은 상사를 만난다.

좋아 보여

잠수

이메일기토

막상 만나면 언제 그랬냐는 듯 사이좋은 척하는 둘.

작전회의

일단 「내부적으로 협의해볼게요」 작전으로 가자고.

윗분들 이름을 파는 건 어떨까요?

내부적으로

유관부서 미팅 전, 최종 작전회의.

신종 유괴

주 수입원 : 정부지원사업.

타임 리프

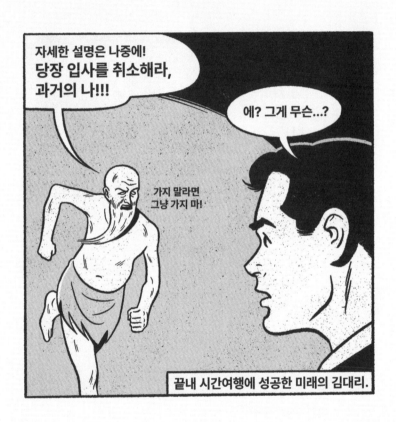

앗, 실수

병문안

필승! 진짜 영업 사나이

〈필승! 진짜 영업 사나이〉 The End...

💬 본 만화는 실존 인물과 관련 없는 허구임을 밝힙니다.

퇴사할 때 듣기 좋은 발라드

답가 : 그대 먼~저 자진퇴사~한다 말해요~

본성

외계인

외계인의 지구 점령 1일째...

멍청한 인간들!
유연하고도 생산적인 근무제도로
효율적으로 착취해주마!

체력 관리를 위해 얼른
퇴근하라고!

마... 만세~!!

의문의 시간당 GDP 상승.

산타

잘 타이르겠습니다

알았으면 빨리 내놔요!

ROTC

눈치게임 1

😶 속는 자는 없고 속이는 자만 존재하는...

아무 의미 없는 종이 열심히 세절하기.

💬 행복한 직장인 되는 꿀팁 아시는 분? 아니, 회장님 빼고요.

출근 시간

전략부서

어쩔 수 없군! 이번만 임시동맹이다!

초긍정

수상할 정도로 긍정적인 미팅 자세...

우와! 좋은데요?
아이디어 대박인데요?
저는 이견 없습니다~!

아, 그래? 껄껄

김대리(다음 주 이직)

김대리 : 오, 좋아요!
??? : 자네 눈에 초점이 없는데?

업무단톡 대단지

입사 후 내 카톡방

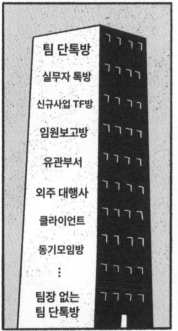

팀 단톡방
실무자 특방
신규사업 TF방
임원보고방
유관부서
외주 대행사
클라이언트
동기모임방
⋮
팀장 없는
팀 단톡방

퇴사할 때 내 모습

송별회 특방

그동안

웃차

감사했습니다~!

뽀각

💬 다 나가! 다 나가! 다 나가!

신년사

아니, 빌어먹을 돈 말고
꿈을 좇으라니까!

연봉동결 후 신년사...

💬 대표님 신차 뽑으시려나 보다.

김퇴사를 보는 대학생

을 바라보는 김퇴사

💬 진짜야...

돌발상황

WHY NOT?

니 맘만 있냐, 내 맘도 있지.

원치 않는 승진

통 속의 뇌

하지만 통 속의 뇌가 아니라면? 실제로 늦은 거라면?

면접장

운전자

김대리 : 잘못 봤네요. 망한 것 같습니다!

사내연애

회사인류   뒤틀린 황천의   퇴사인류
                  회사인류

불치병

옆 부서

옆 부서를 바라보는 나.

저긴 왜 맨날 행복한 거지...?

미쳤나 봐, 진짜~ 깔깔깔!

나도 좀 같이 웃자.

로켓배송

붙잡히기 전에 퇴근해야 해!

느려.

잔업 로켓배송

💬 설마 지금 퇴근하려고요?

사내전설 2

125

교란종

귀여운데 안 귀여워...

사내 카페

1층 사내 카페에서 면회 시간...

우와, 너네 회사 괜찮은데~?

속지 마, 윗층부턴 감옥이야.

"보이는 것이 다가 아니다."

텅비실

먹는 걸로 너무 뭐라고 하지 말자.

타짜

눈치게임 2

잠복경찰

회사에서 좀 떨어진 식당

이건 좀
아니지 않냐?

쉿, 5시 방향에
인사팀 잠복 중.

💬 ??? : 젠장, 눈치챘나?

131

임직원 단합

집에 좀 가자.

내부고발

미래

영업전략

절대 안 짤리기 전략.

엑셀만능주의

엑셀만능주의자들 사이에 낀 불신자...

저희 다른 업무 툴도
써야 하지 않을까요?

닥쳐라!
네가 엑셀을 못해서 그래.

엑멘.

💬 엑셀께서 가라사대.

격돌

핵심인재 간단하게 구분하는 방법

💬 👦 왼쪽 직원 없을 때 : 분위기 다운됨.
💀 오른쪽 직원 없을 때 : 회사 안 돌아감.

보디빌딩

반등 없는 하락

퇴슬라 존버 가즈아.

출구는 없다

안부

휴가 시작과 동시에
안부를 묻는 따뜻한 동료들...

잘 지내지, 김대리?
다름이 아니라...

ㅎㅎ

💬 다름이 아니라...더보기

직전 연봉

📱 강제 스몰토킹 시작.

AI툴

미생물

💬 초미세나노마이크로월급.

부장님의 지각

연봉테이블

💬 ??? : 자네가 잘 가르쳐 봐!

부서 간 협업

영어 이름

빈 자리

계산 완료

아깐 내가 너무 심했나...?
김대리, 자넨 날 이해할 거라 믿네!

〈팀장〉

이미 퇴직금 계산 완료.

💬 (채용공고 속독 중.)

파업

가족

SOS

내가 뭣 땜에, 대체 뭘 위해서!

문제의 원인을 제거한다.

운명공동체

채용 트렌드

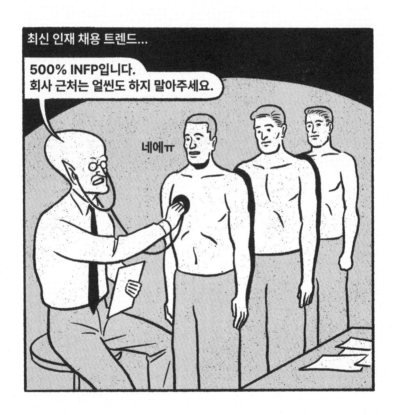

저녁 약속

피난민

기업 리뷰

재미로 보는 MBTI 1

F가 상사한테 깨졌을 때

화장실에서 남몰래 오열.

T가 상사한테 깨졌을 때

화장실에서 남몰래
채용공고 정독&이력서 오픈.

에구궁ㅠ

아이고, 머리야~

에구궁ㅠ
들어가서 좀 쉬셔야
하지 않을까요?

그... 그럴까?

김대리의 회사생활 설렘 모먼트.

💬 ??? : 김대리가 걱정해줘서 말끔히 나았네!

충신

고민

이번 프로젝트로 고민 많아 보이시네요... 같이 파이팅해봐요!

본인 사업 아이템 구상 중...

💬 남자 직장인 특 : 맨날 사업할 거라 함.

만장일치

이견 없습니다~

포괄임금제

경영인의 우상

170

헤드헌팅

171

희망회로

평소보다 컨디션 약간 안 좋은 아침.

무리해서 출근했다가 큰일 나는 거 아닐까...?

혼신을 다해 오전 반차 시나리오 구상 중.

나만 그래?

자치공화국

평화로운 IT 자치공화국 판교.

판교 갈 때 여권 꼭 챙기세요.

다구리

패밀리데이

휴가 복귀

어딜 가

닭장

박종갑 과장

J가 생각하는 아이디어 회의

P가 생각하는 아이디어 회의

퇴근 시간

😶 생존게임.

근로기준법을 모르고 산다.

184

업무 용어

입사 초기에 회의할 때

3년 차 이후

퇴원

내일이면 드디어 퇴원이네요. 축하드려요!

저 그냥 여기서 살면 안 돼요?

아니, 그냥 가둬주세요.

예?

합법적인 자유의 맛에 중독된 김대리.

구조 요청

강제 연행

개인 연차

기억 상실

도굴

머피의 법칙

메소드 연기

일을 이런 식으로 하시면 안 되죠!

그쯤 해두게나, 껄껄껄!

회사가 어찌 되든 아무 상관 없는데 괜히 화난 척 연기하는 중...

변심

답정너

자충수

태세 전환 2

일 시킬 때

보고할 때

일탈

내가 기대한 직장인의 일탈

실제 일탈

다단계

미스터리

외근

택시

EPILOGUE 에필로그

〈퇴사인류 보고서〉가 세상에 공개되자, 사람들은 엇갈린 반응을 보였다. 보고서 내용을 기반으로 새로운 경영 모델을 개발해 기업 생태계를 재건해야 한다는 주장이 있는 반면, 현 시대를 뉴노멀로 받아들이고 살자는 사람들도 적지 않았다. 다만 한 가지 분명한 것은, 불확실한 여정에 기꺼이 몸을 던졌던 퇴사인류들의 용기와 번뇌를 이겨내고 출근을 반복했던 회사인류들의 강인함은 오늘날까지도 우리에게 가르침을 주고 있다는 것이다.

퇴사인류 용어집 1

고과만점 듀오
높은 고과 점수 달성을 위해 결성된 2인 그룹.
오직 본인들의 생존을 위해 움직인다.

미취업아동
아직 취업하지 않은 어린아이. 취업을 준비하기 위한
준비를 준비하기 위해 현재 스펙을 쌓고 있다.

시간제 동료
퇴근할 때가 되면 고도의 남남이 되는 동료 관계.
근무시간 동안은 마치 가까운 사이인 듯한 착시를
일으키기도 한다.

**업무단톡
대단지**
하루 단위로 새로운 업무 카톡방이 입주하여
끔찍한 대단지를 형성한 상태.

엑셀만능주의
엑셀을 광적으로 신뢰하며, 엑셀만으로 모든 업무를
해결하려 하는 경향.

엠송하다
MZ와 죄송의 합성어. 이유 없이 억까당하는
MZ세대를 위한 범용적인 양해 표현이다.

오줌 반차
잦은 생리현상으로 만들어 낸 비공식 휴게시간.

외모 하락장
입사 후 외모가 장기 하락세에 접어든 상태.
일반적으로 탈모, 새치, 다크서클, 잔주름, 체중 증가 등을
동반하며 퇴사인류가 되면 잠시 반등한다.

💬 어디서 주워 듣고 온 신조어 금지.

퇴사인류 용어집 2

이메일기토 이메일상에서 일어나는 일대일 전투.
가끔 cc로 관전하던 상급자가 뒤늦게 참전하기도 한다.

이직 난민 이직을 위해 퇴사했으나 구직에 실패하고
전 직장으로도 돌아갈 수 없는 진퇴양난의 상태.

이직 비행사 한 직장에 정착하지 않고 끊임없이 이직하는 사람.
이륙 주기는 최소 1개월에서 최장 3년이다.

초미세나노 내 월급.
마이크로월급

총 티오 어떤 상황에서도 티오가 늘어나지 않고
보존의 법칙 최소 인력을 유지한다는 불가사의한 법칙.

퇴사인류 퇴사하여 자유를 얻은 인류. 퇴사한 날로부터
며칠간 하늘을 날 수 있다고 알려져 있다.

퇴파민 퇴사와 도파민의 합성어.
퇴사욕구가 솟구칠 때 분비되는 신경 호르몬.

툴사구팽 AI툴 구매 및 습득이 끝나면 기존 직원은
버림당한다는 퇴사자성어.

패밀리데이 채용공고 복지란에 한 줄 기입하기 위한
허위 마케팅 용어.

퇴사인류 보고서

2024년 9월 4일 초판 1쇄 발행

지은이 김퇴사
펴낸이 이원주, 최세현 **경영고문** 박시형

책임편집 박인애 **디자인** 이지선
기획개발실 강소라, 김유경, 강동욱, 류지혜, 이채은, 조아라, 최연서, 고정용, 박현조
마케팅실 양근모, 권금숙, 양봉호, 이도경 **온라인홍보팀** 신하은, 현나래, 최혜빈
디자인실 진미나, 윤민지, 정은예 **디지털콘텐츠팀** 최은정 **해외기획팀** 우정민, 배혜림
경영지원실 강신우, 김현우, 이윤재 **제작팀** 이진영
펴낸곳 (주)쌤앤파커스 **출판신고** 2006년 9월 25일 제406-2006-000210호
주소 서울시 마포구 월드컵북로 396 누리꿈스퀘어 비즈니스타워 18층
전화 02-6712-9800 **팩스** 02-6712-9810 **이메일** info@smpk.kr

ISBN 979-11-94246-03-9 (03810)

쌤앤파커스(Sam&Parkers)는 독자 여러분의 책에 관한 아이디어와 원고 투고를 설레는 마음으로 기다리고 있습니다. 책으로 엮기를 원하는 아이디어가 있으신 분은 이메일 book@smpk.kr로 간단한 개요와 취지, 연락처 등을 보내주세요. 머뭇거리지 말고 문을 두드리세요. 길이 열립니다.